PARIS

EMMANUEL DUCROS

PARIS

Couverture et Illustrations a l'Aquarelle par Henri Le SIDANER

Dessins et Lettres ornées par H. DUHEM

PARIS

ALPHONSE LEMERRE, ÉDITEUR

27-31, passage Choiseul, 27-31

M DCCC XCIII

Héliogravure LEMERCIER, procédé FILLON.

Clichés GILLOT.

Impression typographique SCHMIDT.

PARIS

I

Salut Paris, Paris, capitale du monde,
Où la richesse afflue, où le talent abonde :
Où le travail fécond est auprès du plaisir !
Les affamés de gloire ici portent leurs âmes,
Comme des papillons attirés par les flammes ;
Consumés d'un ardent désir.

O Paris! dans tes murs on aime à prendre place;
On est sûr d'y trouver esprit, charmes et grâce;
Il semble qu'ici seul le talent soit fêté.
L'existence est ailleurs et pâle et sans envie;
On dirait qu'à Paris il est une autre vie
   Éblouissante de clarté.

On y vient s'exercer en des luttes sublimes.
Pour un vainqueur, il est, par terre, cent victimes;
Mais, qu'importe! Paris a son rayonnement.
Si la ville apparaît si coquette et si fière,
C'est qu'elle sait rester le pays de Molière:
   C'est que l'art est son aliment.

Le luxe à tous les coins de la cité s'étale.
C'est pourquoi la femme aime aussi la Capitale,
Qui présente à ses yeux ravis des diamants.
Il est à chaque instant un attrait qui l'appelle,
Et le désir lui vient de se faire plus belle.
   Paris fait l'effet des aimants.

Il attire, retient, et son charme est étrange.

L'observateur y voit le Beau près de la fange.

Le dehors est brillant, mais cache bien des pleurs.

Pour un qui réussit dans cette ville immense,

Combien souffrent, combien n'ont pour leur existence

Que tortures et que douleurs!

II

Pour un monde opposé s'y coudoie et s'y presse :

L'opulence trop grande et l'horrible détresse;

Le riche repu d'or; le malheureux sans pain;

Les obscurs travailleurs; les prodigues avides,

Qui mènent avec bruit la vie à grandes guides;

Les usuriers àpres au gain.

C'est un sol où l'on voit pousser toutes les plantes.
Les uns, les yeux obscurs, remplis d'ombres sanglantes
Font dans un dur combat trembler l'humanité,
Quand d'autres, par le bien signalant leur présence,
Voudraient jeter un peu de bien-être et d'aisance,
     En s'aidant de la charité.

L'argent a son palais suivi, sa clientèle.
Là, le Juif est le maître et règne en la chapelle,
Adorant le veau d'or comme au temps d'Aaron.
Là, le grand financier trille et ille à sa guise,
Bien mieux que le voleur qui prend une valise;
     Et la loi lui donne raison!

O puissance de l'or, énervante et brutale,
Il faudrait, pour conter ta mission fatale,
Avoir la voix du Dante au sortir des enfers!
Le Beau, le Bien, hélas! sont râlants sur ta route;
Tu sèmes dans les cœurs corruption et doute.
     La Vérité gît dans les fers.

O jours saints des combats si grands de la Patrie !
O Paris, défendant la liberté chérie,
Et qui chassais les rois vaincus de leurs palais !
Qui les a remplacés ? De pauvres gens moroses
Apportant au pouvoir le spleen et les névroses
    Et les jeux et les maux anglais !

Un grand bruit de grelots nous annonce les courses ;
Avec art, on y sait dévaliser les bourses ;
Entraineurs et jockeys experts en trucs nouveaux
Changent, mais pour eux seuls, la chance inopportune,
Et rient des pauvres gens qui risquent leur fortune
    Sous les pieds trompeurs des chevaux.

La mondaine, occupée à faire des emplettes,
Voulant plaire à tout prix, commande cent toilettes,
Et la gêne se glisse en sa riche maison.
L'ouvrière au travail, les paupières mi-closes,
Rêve pour l'avenir heureux des boudoirs roses :
    L'hôpital est à l'horizon.

  PARIS

L'ambitieux, qui loge en haut dans la mansarde,
Voit la foule à ses pieds qui se remue; il darde
Vers le but convoité ses regards trop ardents.
Il s'approche du but, qui le fuit; plein d'extase,
Dans sa pensée il voit les têtes qu'il écrase;
      L'appétit aiguise ses dents.

L'artiste aiguillonné travaille sans relâche.
Verra-t-il le triomphe? Il s'acharne à sa tâche.
Pour le faire arriver, nul ne lui tend la main;
Si d'un bond imprévu, tout à coup, haut il plane,
Il a mille flatteurs; la foule courtisane
      Se presse alors sur son chemin.

III

Paris semble, le soir, la ville des Chimères;
Aux spectacles courus on étale aux lumières
Les bijoux sur les cous, largements découverts.
Que de luxe, partout, que l'on ne peut décrire!
Mondaines, paraissez afin qu'on vous admire,
Aux théâtres comme aux concerts.

Actrices, montrez-vous de vos charmes parées;
Artistes, transportez les foules enivrées;
Palais, resplendissez d'un joyeux mouvement.
Les équipages seuls n'emplissent pas les rues:
Des figures, soudain, troublantes apparues,
Parlent au cœur sinistrement.

Le voyou, blême, affreux, sournois, épie, à l'ombre,
Sa femelle qui fait plus loin son travail sombre,
Offrant à tout venant son corps et ses baisers.
C'est la nuit que Paris dévoile ses misères.
Combien de malheureux auprès de gens prospères!
De cœurs souffrants près des blasés!

IV

Voilà Paris; Paris garde le rire aux lèvres.
Combien d'autres cités souffrent des mêmes fièvres,
Des mêmes maux et n'ont pas la même gaîté!
En est-il, pour montrer des travailleurs sublimes,
Cueillant dans l'idéal ces dépouilles opimes :
Les fleurs d'art belles de clarté?

C'est qu'au fond dans Paris un peuple entier travaille.
Près du sot qui gaspille et près du fat qui raille,
Une élite s'exerce à cultiver le Beau.
Les délicats produits que Paris voit éclore
Sont recherchés partout, partout on les honore,
Pleins d'un art charmant et nouveau.

Et c'est pourquoi Paris garde sa renommée.
Ville unique, à la fois honnie autant qu'aimée
Et pleine d'imprévu sous des aspects divers.
Elle attire les rois, les savants, les mondaines ;
Elle reste, riant haut de mesquines haines,
     Le rendez-vous de l'univers.